舞落在鄉間小路上的花瓣

阿牧詩集

吳正牧／著

◀ 鄉間小路（代序）▶

阿 牧

鄉間小路
是庄腳人出出入入走出來的
左彎右拐、時高時低
總是非常率性地鋪展著它的形貌

沒有穿鞋子的小孩
在鄉間小路上
搖頭晃腦的，踱過來踱過去

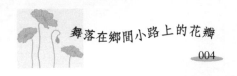

踏著路上的野草、石子
踏著草下的泥土、蚯蚓；
不經意時，
還會踢到一坨黑褐褐的牛屎

清風，挾雜了花香與水肥味
鳥叫蟲鳴，應和著阿火伯大聲小聲的訐譙
台灣土狗，齜牙裂嘴的狂吠
忽然，瞥見雨傘節時一陣陣的驚悚

不論日時或暗暝

只有光著腳丫子的小孩
能和溫潤的大地纏綿
能和浩瀚的星空對話

在鄉間小路上，花開花落
像乍現天際的一抹彩虹
是豐沛生命的資糧
是庄腳人童年逐夢憧憬未來的典藏

目次

化育篇

D 游藝篇

E 附　錄

A

禮讚篇

▌立正敬禮▐

——向偏遠地區的老師致敬

在峯巒環抱的山巔

在水天相連的海角

在風勁草長的小島

一所一所的迷你小學

因為有您——老師

偏遠地區的孩子

得到了基礎的教育

您以不俗的容顏

堅持著教育的承諾

您以高貴的熱忱

刻劃著杏壇的清流

因為您的呵護與滋養
一棵棵的小幼苗
開啟了心靈的視窗
看到了世界的寬廣

有愛，才有教育
改變，從教育開始
謹向偏遠地區的小學老師──立正敬禮

（照片／南投李玉玲老師提供）

（按：正牧曾任花蓮、苗栗及桃園等縣教育局督學，對服務僻遠地區老師
　　的辛勞孤寂，每有所感，特向在第一線服務的小學老師表達敬意）

◀ 永遠的老師 ▶

在生命游走的歲月中
您矢志不移奉獻教育
您無怨無悔付出青春

　四十年
粉筆塗白了您的雙鬢
　四十年
叮嚀添加了您的皺紋

（前中為王秀芝教授）

　您為社會
培育了無數有為的青年
　您為國家
造就了各領風騷的英才

您是經師
您傳承了知識方法
您是人師
您樹立了典範楷模

學生敬愛您
弟子歌頌您

您的志業庠序流芳
您的教澤譽滿杏壇

在莘莘學子的心中
您不僅僅是課堂上的教授
更是學生永遠依循的良師

（按：這首詩是正牧寫給在國北師院榮退的恩師──王秀芝教授）

◀ 讚頌生命 ▶

生命是用來創造前途的；
不是用來毀滅前途的。

不要使生命默然於人間；
要讓生命活躍於人間⋯⋯。

螻蟻尚且珍惜生命；
何況萬物之靈的人！

不能輕蔑對待自己的生命，
不可毀棄不全然屬於你的生命。

（照片／花蓮陳素嬰老師提供）

生命是一首詩

生命是一首詩
　　歲月串成一條長長的河
　　從源頭，蜿蜒到出口

一年四季
　　滴翠（春）
　　益紅（夏）
　　醉黃（秋）
　　吟白（冬）
　　每個人各以不同的形式
　　塗繪著自己生命的軌跡

生命的企盼
　　在於朝迎晨曦的曙光
　　在於夕覽落日的彩霞

（照片／花蓮陳素嬰老師提供。正牧在
花蓮畢士大教養院，抱著一出生即被
棄養的小秀才學堂幼童）

行走在歲月的長河裡
　挥灑生命由你
　挥霍生命由你

自已，做為生命的主人
　任智慧高低、任根器利鈍
　能想望的，要懷抱期待
　該割捨的，就不再牽掛
　要成就的，須全力以赴

詩，是生命的本然
詩，是心靈的歸宿
詩，不必然是文字的砌築
詩，不必然是框架的規矩

生命，不只是一陣陣脈搏的顫動
生命，不只是一顆顆思絮的起伏
生命，一首走走停停桀驁難馴的詩

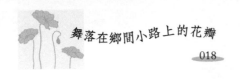
◖ 做世上的光 ◗

做世上的光，照亮別人的——
是　媽祖娘娘！
是慈祥的母親！
更是以護理為職志的白衣天使！

信徒的虔誠與祈求，
使　媽祖世代享食人間香火；
子女的孺慕與孝思，
亦使母親克盡母職圓其一生。

而您－護士，
為了一個個陌生的病患，
奉獻無數的歲月，犧牲有限的青春；
以忍耐縮短了患者排拒的隔閡，
用愛心平撫了患者創傷的心靈。

您不是　媽祖，

卻為病患顯應了　娘娘的威靈；

您不是母親，

卻為病患伸出了慈母般的雙手；

您是天使，

卻是誰都不想走到您的身旁！

沒有信仰的膜拜，

沒有親情的呼喚；

您著一襲白衣，提一盞明燈；

穿梭在每一處呻吟的角落。

您鼓舞著頹喪的意志，

您重建了生命的尊嚴。

祇為踐履一樁樁您所堅持的理念！

於是您成了人類健康與快樂的——

服務者、守護神、教育者、發言人！

媽祖庇護著祂虔誠的信徒，
母親撫慰著她至愛的兒女；
做世上的光，真正照亮別人的
是──白衣天使您啊！

（台北榮民總醫院護士）

（按：民國七十五年五月十二日，媽祖娘娘誕辰、母親節、護士節同在這
　　一天，有感於白衣天使犧牲奉獻之情操，可敬可佩，是夜寫此抒感。並
　　於七十七年四月十八日參觀瑞芳礦工醫院後，將此小詩寄贈該醫療院所
　　之護理人員，藉表由衷之崇敬）

◖好就是◗

好就是——打從心底高興，由衷的喜悅！

好就是——少計較，不計較；讓人三分，還欣賞他得意
　　　　　滿足的笑！

好就是——理直的時候，更要氣和！

好就是——不炫己長，也不說人家的短！

好就是——學習彌勒佛，凡事包容，笑嘻嘻的！

好就是——心中升起一股甜美、豐碩、圓滿、又幸福的
　　　　　感覺！

（中壢月眉山圓光寺彌勒佛）

《春吶》

　猶記　昨夜
才將最後一片楓紅掇起
　何時　匆匆
臘冬已悄悄的隨風逝去

　於是
春滿人間
　還用金黃吻醒了大地

（照片／李政杰先生提供）

春讓人生充滿希望
似一幅巨龍吟詠著春熹

　瞧瞧
滿山花朵競吐芬芳
　聽聽
枝頭小鳥吱喳歡唱
　花不讓鳥
　鳥不讓花
各自忙著放送春的消息

　又於是
自詡萬物之靈的人類
逢此春吶的季節
更要點燃生命的火炬
埋頭苦幹　雄壯奮起

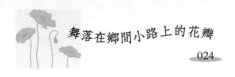
◀ 迎馬頌 ▶

如果我們有夢
就不要匍匐蛇行

且以馬不停蹄的奔騰
揚起滾滾煙塵
回應時空遞變的波瀾

當呼嘯聲起

（圖／蔡文恂小姐提供）

可能——
就是一個夢想的實現
可能——
就是一次馬到的成功

◖又見桃符◗

時間，從未停止它的腳步，

於是——

日子串成了歲月，

歲月鑄成了歷史；

並掘出一條一條生命的長河。

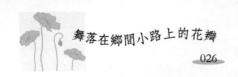
當心情沉靜下來的時候，
總惦記著：
您種種的好！
更感恩著：
您對我及我家人的牽成與愛顧。

忽地，又是新的一年，
寄上一串串深深的祝福，
給時時在想念的──
您及您的家人。
在這桃符迎春的時節！

天作之合

（呂副總統秀蓮女士為結婚新人祝福）

今爾結為夫妻

乃天作之合　是神的旨意

宜相敬如賓互信互諒

要一生扶持彼此分享

勤儉可以豐家強身

逸豫將失有限根本

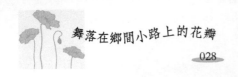
清淡自有甘味　浮誇不會久長
真本事苦中求　好涵養貴力行

「不思八九　常想一二」（張忠謀）

平平凡凡做個平凡人
正正當當要做正當事
綿世澤莫如廣積陰德
振家聲還是多讀好書

澹泊清心一片素　敦厚明德皆在直

素素直直　如如如如
甘苦共嚐　真誠相待

自有一樁美滿的婚姻
自有一個幸福的家庭

B

真愛篇

◀ 戰地柔情 ▶

沉靜的夜，風在樹梢打轉，
「單打雙停」，阿共一發發的礮彈，
不必驚懼，幸與不幸自有天定；
我在碉堡裡，
為妳，盪起一陣陣愛的漣漪……。

從那──
年少無知的相聚，
妳美妙的身影，
就一直盤據我心底……。

如今──
我遠在前線；
戰地戀曲，
夜夜飛越海峽、夜夜飛向天際……。

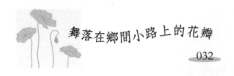

金門——

敵我對峙，戰火隨時會被撩起；

而我——

任務之餘，風雅心，依然澎湃富麗！

台灣的伊人，知否？知否？知否？

（按：民國58年5月10日正牧於金門服預官役時寫給玉葉）

（作者夫婦於溪海國小服務時合影）

◖感恩的心◗

　妳是賢妻
感謝妳的支持體諒
陪我走了20年艱辛的步履

　妳是良母
感謝妳的慈愛呵護
引領孩子們成長茁壯

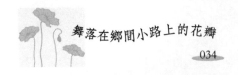

妳更是全家運轉的軸心
脆弱無助時妳給了家人力量
得意忘形時妳提醒我們謙抑

雖然歲月曾經滄桑
雖然生活曾經苦難
都因有妳大小得到了平安

功名利祿固為世俗所眷戀
健康奉獻才是生命的真諦
清風明月、晨曦晚霞更值得擁抱

我和孩子們
雙手合十虔誠祈求上蒼──
賜福給妳長長久久、久久長長

（按：民國80年2月26日正牧為結婚20週年寫）

◖信望愛◗

譜一首信望愛的小詩

鑲在這顆晶瑩的寶石

詩裡頭只有短短三兩句

卻珍藏著我萬萬千千的情意

詩云──

「朝朝暮暮

　暮暮朝朝

　愛心堆砌了2190個晨昏

　於是妳我擁有了

　新生一代的喜悅

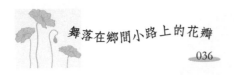
至今

此情，高逾美崙山的昂揚

此愛，深似太平洋的浩瀚

於是

我們將再

鼓足信心滿懷希望

共駛一葉扁舟

航向人生豐盈的彼岸」

（按：民國66年2月正牧於花蓮美崙寫給玉葉）

◀ 憩 ▶

醉飲暮色
棲止於熱島上醇醇入夢
光影柔柔
曲調柔柔
普普之心柔柔
是纖細之手
彳亍於燒燃著的荒蕪

以痴痴
凝視　凝視
來自心野的那陣狂潮
似電擊般襲至
世界　縮　縮　縮
而無聲於平行的永恆

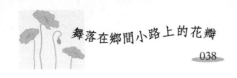
歸

掬回一把綺麗的遐思

夢醒剎那

一切盡是迷惘

迷惘於

濺出剎那的朵朵浪花

爾後

無數個星辰

尋尋覓覓

冷冷清清

徘徊復徘徊

躊躇又幾許

祇能在敲碎的記憶中撿拾

◀台灣，妳的顏色▶

那天，葡萄牙航海家發現妳時，
高呼：「FORMOSA！」
驚妳為「美麗之島！」

雖然，400年來，妳一直寄人籬下；
妳還是堅強勇敢地成長了！
而今，妳最需要的是「自己做主」！

當自由的曙光乍現，
當民主的花蕊初綻，
不幸，妳又淪為政客掠奪的祭品！

多少驕狂，多少罪惡；
假自由民主之名以行之。
就這樣，妳被塗上了劇毒的顏色！

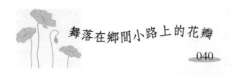
仰望的藍天，徜徉的綠地，

乃是上蒼賜予台灣的恩典；

今天，卻成了朝野競逐藍綠廝殺的□場。

當台灣窮得只剩下選舉的皮相時；

　　泛政治，真理將銷聲匿跡，

　　搞民粹，公義會隱姓埋名。

台灣啊，妳還是FORMOSA嗎？

何時？妳才能掙脫顏色對立的鎖鍊？

何時？妳才能穿上和諧理性的新裝？

何時？妳才能真正完全的「自己做主」？

（按：□內可填「戰」或「墳」；若填「鬼」，則後之「場」改為
「域」）

◖五月戀痕◗

當幸福像隻青鳥飛臨窗前
我的肩膀　供妳棲息
我的臂腕　撫慰著妳

雖然青春易逝
我卻以為──
妳秀麗的容顏永駐

讓我輕托起妳動人的額
凝視　凝視　再凝視
在沉靜的夜蒼中
四顆明亮的星星
相互閃爍著摯愛的光芒

望我　望我　再望我
環抱我　任從我
再多訴說已是多餘
我就要這樣框住妳
一個深藏在我眸子裡的人

且記住　且記住
妳我間無言而堅定的默契

◖默禱◗

昨天黃昏，
妳仍活潑似鳥；
今日清晨，
妳竟臥病榻中……
我不相信這是真的，
但我已心急心慌如焚！

為什麼我愛，
卻沒作更多的關懷？
為什麼我疼；
竟未能護送妳一程？

孤獨的房間，沒有伴侶；
孤獨的被褥，沒有慰語。
只留下一個寂寞呻吟的妳……

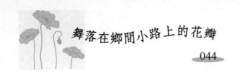
悄悄來到妳的床沿，

牽著妳的手，

拍著妳的肩；

我禱告：

「祈求上蒼快快免除妳的苦！」

◖敘情◗

在山之巔、在水之湄，
在曠野、在夢境；
我流露……
願做妳永恆的伴侶！

依戀與癡迷──
踩碎千般的阻撓，
軋平萬般的波折，
幻想有一日做妳的夫君！

生命要慰藉，
更需要開創；
跳躍的音符，
硬將它固定於五線譜，
就為了要迎合世俗？

愛的烈燄，
燒燃著無盡的途程；
生命豈容被綑綁住？

我要完成我自己；
只因這樣也完成了妳！

❰永恆❱

妳像一朵懸在崖邊的奇葩，
出於幽谷，
清香脫俗。

「想採它的人，必須要有勇氣！」

當我發覺自己墜入情網時，
再也跳不出來了！
面對一顆良善簡淨的心靈；
有誰願意跳出呢？

為了捕捉隱藏內心多年的影象；
愛火已燒燃，
且熾熱不熄、不熄⋯⋯

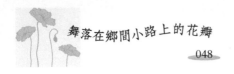
於是：
日夜的夢幻屬於妳；
分秒的關注圍繞妳。

因而：
我發現了世間最美麗的，
一個必將存在於妳我之間的東西！

愛是人生的積極面！
在佈滿荊棘的現實裡，
欣慶擁有驕傲倔強的愛！

堅定意志──掌握未來的命運；

付出心血──開創光明的前程。

當期待的幸福降臨時，

不忘這段抗拒奔馳的日子；

牢記今朝剛毅不屈的信念。

使情長青……

使愛永恆……

如潺潺春水，

不停地流注於妳我的血脈裡……。

◀ 在妳愛的慈光中 ▶

夜冷夜寒
咱家有妳而春暖滿堂
裙裾微飄，風情萬種
燭影搖曳，矜持依然
我啜飲著
上蒼賜予的縷縷溫馨
愛，將永不止息
遑論妳我間飄忽忽的肯定
我，想活在妳愛的慈光中

縱身田園
醉於渾然酩酊的鄉野
或歌或頌
若痴若謎
尊嚴總似利斧劈向我

愛，已永不止息
情深處應是春夢了無痕
我，願活在妳愛的慈光中

生有涯　情無終
一份思絮　一世情長
花開又花落
日月星辰長
毋須立金石
愛，必永不止息
能相憶何遜長相聚
我，要活在妳愛的慈光中

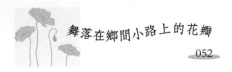

◀ 依止有妳 ▶

若果有一天
那怕只是一天
甚至只是短暫的分分秒秒

當我哭泣時
妳豐實的嬌軀
妳慈悲的心田
有一個我依止的空間

當我狂奔歡呼時

有一片馳騁的原鄉

讓我溫馴領受妳的寬厚與有容

當我桀驁不羈時

妳的成熟與智慧

是我啜飲的香醇

而妳的世界更是我撒野的天堂

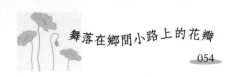

◖ 媽媽，您好好地走！ ◗

媽媽呀媽媽
您已往生佛國
自無塵世病痛
自是腳健手健
您當活蹦活跳

媽媽呀媽媽
您已放下萬緣
不會再有牽掛
不為世俗煩惱
您當自由自在

媽媽，您好好地走
走累了就回老家納涼休息
爸爸搭的涼亭仍為您留著
您儘管無拘無束遨遊十方
走向極樂的天國

媽媽，您好好地走

走累了改乘舟車或搭飛機

桃園機場就在老家的旁邊

您儘管之東之西馳騁千里

走向真正的歸宿

（按：民國88年農曆正月16日凌晨三時正牧哀撰於母親靈旁）

（作者夫婦與父母親）

臨溪面海我老家

溪海，我的出生地
是一個臨溪面海的小村莊
住民不多、閩客相安
各在這塊貧瘠的土地上
栽蔬種果、捕魚抓蝦、勤耕米糧

儘管早年台灣的物資有限
窮
苦
有土地公的庇佑
家家戶戶的日子倒也過得安詳

我家老屋還不是三合院
一排的土角厝
部分曾改建為四吋磚牆的瓦房

爾後，再也沒有翻修
老屋裡卻迷漫著先人遺留的芬芳

磚瓦、門牆
斑駁剝落早已映襯在臉上
未加修補的曬穀場
閒置的農具、廢棄的豬圈
都在訴說著它們曾經貢獻的輝煌

（作者斑駁的老家家門）

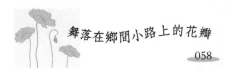

溪水潺潺

海風泱泱

農村景致、田園風光

溪海，不僅是我生長的地方

溪海，更是孕育我生命的原鄉

（保佑家園的土地公）

（照片／曾昭勳先生提供。農夫勤耕待豐收）

化育篇

◖ 撒謊 ◗

誰把墨汁弄翻了？
誰把花瓶打碎了？
誰把書本撕破了？

不是我！
不是我！
……。

爸爸呀！
如果您的臉不像關公紅通通的；
爸爸呀！
如果您的拳頭不握得緊緊的！

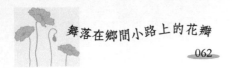
我就會回答：
是我弄翻的，
是我打碎的，
是我撕破的；
請爸爸原諒我！

◖寬恕◗

一個小朋友，
把球擲在我身上。
本來想揍他；
狠狠地揍他！

但他道歉了！

我只好忍著痛，
強忍著痛說：
「沒關係，
　以後玩球要小心！」

我們手拉著手，
變成了好朋友。

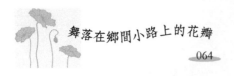

◖小雨◗

雲兒被媽媽趕出來，
傷心哭了！

哭得唏哩嘩啦……

你看——
到處都是她的淚水！

◀ 愛的嘮叨 ▶

老是埋怨媽媽嘮叨，
什麼事一說再說，
真是討厭！

最近媽媽去旅行，
也把嘮叨帶走了，

我的耳根很清靜，
想媽媽的心卻更忙！

漸漸地我發覺，
最關愛我的人，
就是嘮叨的媽媽！

（按： 以上四首小詩原載於民國70年8月《笠詩雙月刊》第104期）

◖牽引◗

共處相聚的時光飄忽而逝⋯⋯
當我們把日子吞下；
歲月就消失了！

憑著機緣，
我們湊在這座米黃色的建築裡，
竟以文化尖兵自許，

（桃園縣政府文化局）

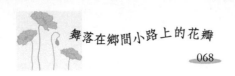
沉湎湎地挑起了──
文化的十字架。

　是志同也罷！
　是道合也罷！
細數那有過的無數個白晝與夜晚，
我們流下的──
不只是汗珠，更是淚水，
我們付出的──
除了智慧，更有真實的力量！

因您的參與，
文化中心已是一顆成長的生命！
正欣見其英姿勃發，
誰知才相聚還得要相離？

一紙歸建的令文，
於是您走了，
一個接一個的走了……。
走得那麼突然，

走得那麼遙遠，

走得那麼令我難以適應；

還狠狠的丟下一大把離情別緒。

　不會忘懷的是——

您曾提供的每一個珍貴的創意；

　不能釋懷的是——

如何實現您曾表達精緻的理念。

　摘下厚重的眼鏡

我陶然於文化中心種種的好；

　並在一份共有的牽引中，

謙虛的踩著您的腳印，

　我要因您創造更多的驕傲！

而您

在離去後的日子裡，

是否還會記得？

我們所曾編織的每一個文化桃園的大夢！

◀ 網絃頌 ▶

網晨曦，

網夕陽，

網絃依然舊時樣！

　　　　龍溪長，

　　　　龍溪寬，

　　　　後龍溪口網絃是漁莊。

家長都是莊稼漢，
學子也是小漁郎；
教師專精勤術業，
海寶師生寫詩忙！

佳構一首疊一首，
報章雜誌展文光；
借問童詩何處有？
正牧直指山城旁。

（按：海寶國小學區，舊名網絃，是苗栗後龍一個貧困的小漁村）

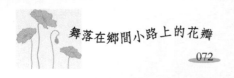
◀ 起飛 ▶

「起飛」，
「起飛」，
多麼令人亢奮心跳的想望！

想要起飛？

之前，必須承受時空的錘鍊，
之前，必須蓄足振臂的能量，
之前，必須學習面對的挑戰。

擁抱晨曦，
因為熬過了長夜的等待；
獲得成功，
因為經歷了無數的挫敗。

當肢體矯健，

當羽翼豐美，

當智慮純熟；

自有一個可以載夢起飛的位置，

一個能使我們理想實現的高台。

展翅高飛，

哇塞！

我們終於翱翔天際了！

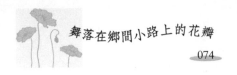
◀ 躍動 ▶

躍動——前進是前進；
　　　　後退也是進。

躍動——不只在身軀；
　　　　更在於心智。

躍動——豐富了生命；
　　　　沉澱了歲月。

躍動——伸展出律美的軌跡；
　　　　記憶著成長的圖象。

◀感激有您▶

走入明星，踏進武陵；
深覺：教育才是最平凡的一番偉大！

這裡有老師最多的愛！

像慈母拿著針線，
要把信念與堅持，
織成件件的黃衫綠衣；
披覆在莘莘學子的身上。

（坐者為前武陵中學李恂艾
老師與師丈曹伯一教授）

師長的照拂，
學子的孺慕；
在茄苳溪畔交會發光，
在武陵校園滋榮激盪……。

一年，一年，又一年……。
終於寫成一部「武陵經驗」的傳奇！

付出──一如父母對於子女，
　　　　既無怨也無悔；
分享──視學生為親密夥伴，
　　　　師生喜悅成長；
回饋──必然滿園桃李芬芳，
　　　　必然豐沛情長。

最最期待──
承諾那個相約信守的誓言！
實現那個師生共築的美夢！

（中為作者與武陵高中風雲學生合影，右四為
扶輪社安排來自加拿大的國際交換學生）

◀ 悟了就放下 ▶

悟，悟了；
悟了就放下
放下萬緣就是自在菩薩
無罣無礙即為快樂神仙

真心讚嘆上蒼的奇妙＆偉大
真誠善待周遭的人與物
負責做好份內該做的事
謙卑檢省自己的錯誤
歡喜分享他人的成就

法鼓山

喜捨給需要幫助的人

寬容對不起我們的人

無私心傳承自己成功的經驗

平常心面對已經存在的榮辱

無常人生，如朝露似幻影

何須迷戀於塵世虛擬的符碼

悟了就放下

放下妄想

放下執著

放下放下

（按：正牧法號釋常融，是法鼓山聖嚴法師俗家弟子）

◀ 母親的名字 ▶

有人說黃河是中國的母親河
有人說母親妳的名字叫台灣

只有孩子知道
母親是不政治、不意識、不顏色的
母親是很生物、很臍帶、很DNA的

因為母親只有一個共同的名字，叫做「愛」

為了子女、為了家庭、為了⋯⋯
母親無怨、無悔、無私、無己

母親用愛撫慰著孩子相異的元素
母親用愛包容了孩子對立的哭泣

只有孩子知道

不論母貧、母醜、母瞎、母聾

都要把最美麗的冠冕戴在母親的頭上

母親是所有孩子的奇蹟

總憂心兒女們是否都有一條平安回家的路

因為母親只有一個共同的名字，叫做「愛」

◖風骨◗

風骨是──
不對權勢者低頭；
但向德厚的人鞠躬。

風骨是──
有權有勢者能夠謙卑自省；
更不讓人有趨炎附勢的機巧。

風骨是──
錯了就承認，不一再硬拗；
勇於捍衛人性的尊嚴。

風骨是──
不以勢劫，不以利誘；
不被勢劫，也不被利誘。

◀ 生活就是藝術 ▶

明山秀水皆風景
一花一草都有情

別等有錢，才時興收藏
別到有閒，才浸淫藝術

人生想要的總是很多很多
真正需要的其實很少很少

只圖一己的擁有
收藏，永遠還是收藏

學會了與人分享
生活，就是海闊天空的藝術

游藝篇

◖芬芳鄉土◗

懷念的民謠輕輕唱起……，
沉默的畫家也已揮筆……。

在泥土的芳香裡，
一畦畦文化的種子，
生意盎然底鑽出了嫩綠……。

一波波新葉的翠浪，
令人憧憬著筐籮滿載的期待！

因為我們嗅到了：
芬芳的鄉土！
濃郁郁的，……

◀傳統之美▶

「一磚一瓦五千年」

「一滴一響萬古聲」

傳統藝術的精華

每每以──

　　詩詞、

　　繪畫、

　　戲曲、

音樂、

舞蹈、

......。

娓娓訴說她的豐美與驕傲......。

或古樸生拙趣，
或變幻而富饒；
總為歷史代代的傳承，
輝映文明不朽的榮光！

◖ 新銳風 ◗

在浩瀚無垠的世界裡，
社會結構——
急遽變遷；
周遭環境——
日新月異。

新的思想，
新的科技，
新的衝擊，
新的一切的一切⋯⋯。
如此多姿多彩，
如此新穎奇異。

意識的舊行囊，
也展現了一番新銳的容顏⋯⋯。

◖緬懷與慈幼◗

「安和樂利」，

「國泰民安」，

是建國七十三年的寫照！

文經建設的奇蹟——

刻劃在先賢智慧的臉龐；

呈現在孩提信賴的嘴角。

傳承代代薪火的——
無他，
只是彼此間付出的關懷與熱愛！

在四月裡，
勾起追思的是：
長者砥柱中流的豐功偉績！

在四月裡，
載滿希望的是：
對民族幼苗生意勃發的情懷……。

◀ 箬葉飄香 ▶

又是一年一度的端午佳節——

汨羅江畔，
懷抱沙石以自沉的哀怨；
雄黃酒下，
白娘娘的驚恐；
把這個詩的季節粧點得
如此多嬌浪漫！

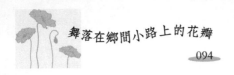

龍舟競渡，
箬葉飄香，
更詮釋著這個亙古的祭典
和迷人的傳說……。

昔日的種種，
慷慨悲歌，
涕泣山河，
鑄成了一頁頁呼喚國魂的詩篇！

◖史蹟之旅◗

褪去華裳；
雖已滄桑，
色彩不再繽紛耀眼，
樑柱不再堅挺雄偉，
仍掩不住——
昔日豐美的雕飾，
磅礴一時的風光。

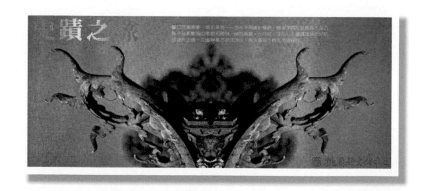

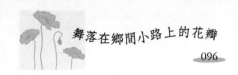

在愛鄉史蹟之旅的路上，
在幽靜蒼古的沉湎中；
維護和保存文化資產，
該是受到官民一起來重視了！

◖影象世界◗

娑婆世界千姿百態，
在倉促的步調裡；
按下快門，
可享受瞬間變成永恆的喜悅！

影象，似真似假；
影象，或實或虛。

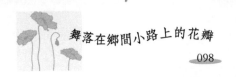
透過鏡頭，

「咔嚓」、「咔嚓」，

一頁頁的影象，

正記錄了許多生命舞台上寶貴的故事……。

◖彩筆天地◗

在遙遠的島上，
奇岩矗立數仞，
蔥嶺百合遍布；
忽見波光粼粼，
又聞撲鼻花香。

一片波瀾，一簇繁錦，
一個時空，一個想像；
俱是彩筆的資糧。

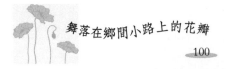
在揮別1984的尾聲中，
為了駐留更多旖旎的記憶，
提起彩筆吧！
在無言的天地間……，
在缺氧蒼白的日子裡……。
讓色調塗抹得更光彩，
讓生命舞動得更亮麗。

◀ 播種之後 ▶

播種之後——

　佇足於芬芳的鄉土上，

　俯視文化的桃花園，

滿載著令人憧憬的期待！

終於，在風兒捎來的信息裡，

我們嗅到了：

濃郁的書香已在飄散……。

播種之後——

　為了系列的文化饗宴，

　經營的理念未曾歇止，

　運作的足跡步步趨前；

　任憑年華褪逝、髮鬢飛霜，

　任憑日落日出、汗珠流淌。

　終於，在您歡愉的笑靨裡，

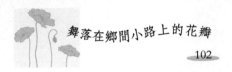
我們找到了：
詮釋提高生活品質的答案。

播種之後——

魏峨的文化殿堂，

印染著繽紛耀眼的圖騰……。

為賡續歷史文化的薪傳，

為致力現代文明的創新；

且讓我們：

背負文化承啟的十字架，

繼以彩筆共天地，

塗繪出桃園更絢麗更輝煌的明天！

◖童心童心◗

在——
幻想的王國裡，
在——
童話的天地間；
無奇不有，
無不成真。

一頁塗鴉，
一首兒歌，
一句稚語；
都是純潔無偽的世界。

大人也該丟卻凡心，
返老還童；
像小朋友一樣，
在彩色繽紛的童心世界遨遊。

◖行腳桃園◗

五月

悠悠白雲升起時

胸臆中勾繪著無窮的理想與憧憬

露出大地一隅的古剎燕尾

在歷史的歲月中

仍低訴著斑剝的先賢往事

當青青草色又新

桃樹也正是發華

許是濃郁的鄉情

應和著迷人的古調

在山水呼喚中

在尋幽行止間

且讓我們相伴「行腳桃園……桃源」

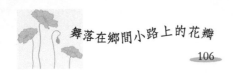
◖掌聲背後◗

巨浪滔滔，長江東向；
三山五嶽，泰山天下。

沙鷗弣影，水天一色。

任──
烈日、疾風、黃沙……
理想與自信，
踩出步履堅實的力量。

人生道上，
是一個接一個的競技場；
掌聲背後，
正托映著無限辛酸的淚光！

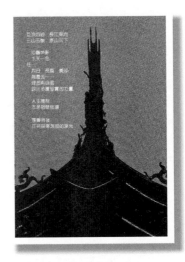

❰秋實❱

落霞與孤鶩齊飛
秋水共長天一色
臨摹這一幅秋黃的蒼茫

成堆成丘
滿籮滿筐
担回這一串盈纍的想望

楓紅層疊
蘆白翻飛
擁抱這一季豐收的歡唱

◀歌在大嵙崁溪▶

琴弦再被撥動

大地撩起的歌聲

訴說著無限的過往

吟詠著無盡的未來

跳躍的音符

順著潺潺溪水滑下

日以繼夜

年復一年

唱啊　歡也唱　悲也唱

唱啊　追憶也唱　嚮往也唱

踩踏古徑　屐履浮映

父傳子　子傳孫　代代相承

祇要溪水長流

祇要青苔濕濘

琴弦何曾止

歌聲豈可斷

大嵙崁溪的子民

唱啊

唱出祖靈的寄託

唱出美麗的希望

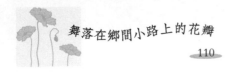

◀ 思想起 ▶

大漠藍天　鄉關情

淘淘江水　天上來

思想起　唐山謠　魂夢縈廻

風樓寒　月上簾

夏荷殘　青石圮

還未泣　淚先垂

情懷幾時休

總不成調　三兩句

堪得再唱　思啊想起⋯⋯

墨香盈夏

荷風吹得知了醉
柳蔭涼沁趕路人

蓮池萬頃
碧波盪漾

臨筆抒懷

墨墨生香

喜於有一個這樣豐盈的夏

（按：以上游藝篇各首詩為正牧主持桃園縣立文化中心時，針對每月藝文
　活動主題所擬之文案，並與同仁討論後定稿）

◀ 人間五月天 ▶

五月了
人間依舊溫漾著
很徐志摩的氛圍

戀天
戀地
還戀著生命中拭不去的糾纏

因你豐美的詞藻
鼓舞瀕臨絕望的傷痛

因你慧黠的巧思
捕捉剎那一閃的靈光

因你創意的揮灑
塗繪代代傳世的永恆

深耕斯土
大愛桃園

看你
看到了最初始的澎湃

聽你
聽到了最天籟的呢喃

「藝文」
才有巨大如此的震撼
才有特多如此的感動

在這人間五月天

（按：新世紀第壹年「二〇〇一」五月八日，正牧以慶五四之名，柬邀桃
園縣藝文界前輩蒞臨壢商作客，以表對先進平日致力創作，深耕斯土，
大愛桃園之感謝，並名之曰「藝林雅集」。是日上午於壢商植福園巨榕
之蔭，老中青三代，群賢畢集，共品香茗，同聞絲竹，賞花聽鳥，各言
爾志，氣氛溫馨，情調滿分，實壢商難得一見之藝文盛會，爰作此詩以
誌念）

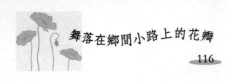

舞落在鄉間小路上的花瓣
116

附録

｜爸爸｜

吳弘斌

爸爸的腳像鐘擺一樣走不停，
那是為了家計在奔波……。
他是一個實行「爸爸回家吃晚飯」的人，
是使我們能夠享受天倫之樂的好人！

爸爸也是一個大廚師，
烹調的技巧變化多端，
他所煮出的佳餚色香味俱全，
使人一看垂涎三尺……。

我的爸爸是全能的，
他是我們家裡的工人、農人、老師、司機，
他也是縣政府的課長。

今天是八月八日父親節，

祝福我認為全世界唯一十全十美的爸爸:

健康快樂！

長命百歲！

（按：作者吳弘斌，於就讀新明國小五年級時寫給父親吳正牧）

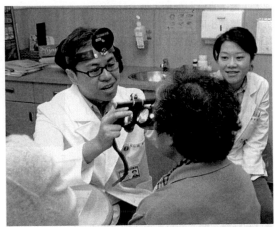

▌順利完成艱難的人工電子耳與中耳植入式助聽器手術，吳弘斌醫師對
於慈濟醫療為聽損朋友的服務深具信心。

（圖文取自慈濟《人醫心傳》98年2月第62期）

怎一個「謝」字能了得

——吳輔導員正牧督學惠存

細數著　細數著

這一段桃花源般的日子

不禁令我

嚮往又嚮往

謳歌再謳歌

一顆顆辛苦的汗珠
　凝聚成奔放豐碩的長河
一串串會心的笑語
　鉤繪出歡樂忘情的你我
一句句關懷與叮嚀
　交織成情誼的更濃更厚

啊！
這許多多的層層疊疊的
又怎一個「謝」字能了得

（按：70年端節板橋教師研習會第九期兒童文學寫作班全體學員所贈）

◀ 一只太陽 ▶

——吳輔導員正牧督學惠存

仰望蔭蓋如樹的您
我們是承雨待露的小草

　欣欣因您
　豐盈因您

不必詮釋聚散多少
不必在乎距離遠近

您是——
我們記憶裡不落的一只太陽

（按：70年端節板橋教師研習會第九期兒童文學寫作班學員所贈）

◖細雨穌風◗

黃群英

細雨穌風五月天

藝林雅集會群賢

昔有蘭亭今植福

千秋韻事兩輝妍

（按：前中黃群英教授參加壢商民間版慶五四藝林雅集感懷之作）

◖壢商佳境◗

宋安業

壢商佳境集群賢

嫣紫千紅景色妍

綴玉聯珠推聖手

高吟俯拾樂無邊

◀蛟騰起鳳▶

宋安業

結盟共礪寒霜日

扶危競頌正氣篇

紫電青霜傳筆陣

蛟騰起鳳著吟先

（按：以上係作者參加壢商民間版慶五四藝林雅集感懷之詩作）

◖翰墨因緣◗

臧真白

欣逢好友久神馳
重見舊朋盡故知
翰墨因緣情誼重
談笑已忘雪霜姿

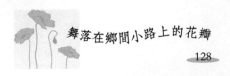

▌擊楫中流▐

臧真白

老去仍誇腰腿健

羨君紅杏上園枝

文章莫道無用處

擊楫中流共濟時

◀雅樂音絃▶

臧真白

奉邀茗品壢商遊

物外逍遙作沙鷗

植福園中暫作客

雅樂音絃且吟酬

（左為臧真白教授）

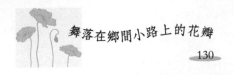
◀樹木樹人▶

臧真白

校長壢商吳正牧

才高七步即文章

樹人作育籌謀遠

樹木栽培教澤長

功在杏壇人敬仰

名登國際眾誇揚

藝林雅集群賢至

相見同歡翰墨場

◖吟詩品茗◗

臧真白

藝林雅集多名士

合奏傾聽悅耳調

促膝談心榕樹下

吟詩品茗樂逍遙

（按：以上係作者參加壢商民間版慶五四藝林雅集感懷之詩作）

《耕心亭》

臧真白

耕心亭在校園西

花木扶疏蝶鳥栖

池畔觀魚游水樂

風光旖旎醉心迷

◖志道大樓◗

臧真白

志道大樓美侖奐

落成典禮賀賓來

學生表演多精彩

博得佳評笑眼開

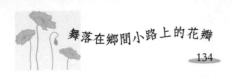

◀ 新羅浮宮 ▶

臧真白

羅浮宮建大名傳

雄壯巍峨立頂天

功在壢商執牛耳

發揚文化著鞭先

◀壢商藝廊▶

臧真白

校內藝廊書畫展
名家作品細心觀
琳瑯滿目皆精品
摯友相逢把臂歡

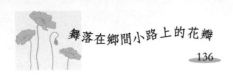
◀ 壢商校園梅花 ▶

臧真白

歲歲新年暗香來
壢商校內早梅開
笑迎賓客親觀賞
隨手寫生逸興催

◖藝林雅集感賦◗

徐正平

壢宇丘台校譽昌

商才匯聚教嘉方

正心啟智揚忠孝

牧育成材惠國邦

藝界人家明志道

林間鳥木醒詩章

雅言韻事茶中敘

集腋成裘遍地芳

（按：作者參加壢商慶五四藝林雅集感懷之詩作）

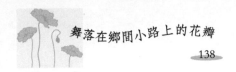
◀常懷青綠情▶

陳國威

其一　七陽韻

獻身教育眾稱揚　公正無私植棟樑

建設塈商功燦爛　栽培才俊績輝煌

辛勤辦學春風播　克苦施仁義氣昂

策劃藍圖詳具備　前程錦繡校隆昌

其二　一東韻

以身作則頌聲隆　商業傳薪建偉功

教導人才成國士　弘揚道德挽民風

滿園桃李沾恩厚　全校師生受惠豐

升學前茅詩誌慶　杏壇典範眾推崇

其三　一先韻

教育猶如種福田　　六年治校口碑傳
學園水電裝修畢　　司令台高訓導宣
律己無私培將相　　誨人有道出英賢
屢蒙頒獎功堪頌　　典範長垂入賦篇

其四　　四豪韻

循循善誘不辭勞　　美化黌宮一手操
鼓勵進修成國棟　　宣揚文藝出英豪
愛心教育風評好　　升學提昇業績高
有義有情身作則　　功勳德澤受榮褒

其五　　一東韻

勤勞奉獻頌無窮　　作育英才眾所崇
樹木樹人歌盛德　　教忠教孝仰高風
愛心辦學培俊賢　　致力行仁建偉功
評鑑特優垂典範　　滿園桃李沐恩隆

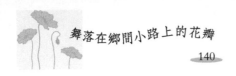
◀ 興建游藝館 ▶
（七陽韻）

英姿雄偉冠台疆　　巨廈凌雲聳碧蒼

溫水泳池施教課　　羽球場闊育賢良

藝文唱跳培才俊　　歌舞聯歡植棟樑

館備齊全多樣化　　師生受惠永留芳

◖志道大樓竣工◗
（七陽韻）

十樓大廈聳輝煌　迎日凌空兆吉祥
輪奐齊全宏傑構　巍峨壯麗仰堂皇
專科教室春風暖　屋頂花園草木香
地下停車功浩蕩　詩文滿架永芬芳

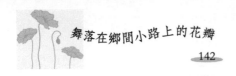
◀ 雅築耕心亭 ▶
（一先韻）

耕心亭內樂陶然　　典雅風光別有天

池水小橋堪嘯傲　　涼亭綠草好留連

游魚擺尾詩情爽　　金鯉揚鰭景色妍

嘉惠師生休憩地　　尋幽野趣入吟篇

◀闢建植福園▶
（一東韻）

名園植福畫圖中　　滿目琳瑯淑氣融
花草涼亭成勝境　　木橋池水爽吟衷
鯉魚唼藻翻波浪　　天使浮雕傍樹叢
盆景巨榕枝葉茂　　留連不覺夕陽紅

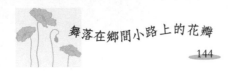
◀改建大操場▶
（七陽韻）

蒙多跑道美操場　運動強身志氣昂

舒適安全光翰苑　齊全設備惠邦鄉

籃球比賽人爭仰　田徑奔馳眾讚揚

色彩繽紛開眼界　推行體育校隆昌

◀整建校門▶
（七陽韻）

黌門重建美名揚　設計新穎頌八方
壯麗台階宏傑構　巍峨學府仰華堂
矮牆圍繞春風沐　巨樹濃蔭化雨長
別出心裁奇景秀　光明大道志高昂

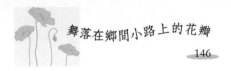
◀ 綠美化校園（一）▶
（十一尤韻）

巍峨學府爽吟眸　　遍地馨香景色幽

植福園中聞鳥語　　耕心亭畔賞魚游

名花異草鶯聲巧　　奇石高松蝶翅柔

巨廈樓台桃李秀　　詩情畫意樂悠悠

綠美化校園（二）

（六麻韻）

校園雅致景堪誇　花木扶疏襯彩霞

日暖樓台開錦莩　陽和牆角吐奇葩

黌宮壯麗吟情爽　教室清幽逸興嘉

萬紫千紅爭冶艷　春風化育樂無涯

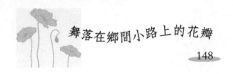
綠美化校園（三）

（一先韻）

巍巍黌舍聚群賢　草木扶疏景色妍

浥露瓊葩爭冶豔　臨風錦萼鬥嬋娟

樓臺花卉詩情爽　教室書聲韻味傳

几淨芸窗光皎潔　千紅萬紫好留連

成立文藝中心（一）
（七陽韻）

中心成立客盈堂
壢校師生頌八方
高貴丹青羅錦繡
商科繪畫亦琳瑯
文風興盛英才聚
藝術芬芳翰墨香
中掛佳篇臻上品
心傳國粹美台疆

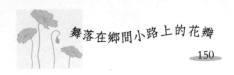
◀ 成立文藝中心（二）▶
（七陽韻）

中心成立美名揚　　嘉惠師生頌八方
花鳥雲山憑藻繪　　漁橋江水落縑緗
龍飛鳳舞丹青麗　　鐵畫銀鉤錦繡章
文藝琳琅稱上品　　流連欣賞樂無疆

（按：這幾首詩係壢商陳國威老師為正牧
主持壢商校務六年而作）

三月的陽光

——寫給媽媽

吳玉葉

當年也許只是一個偶然

卻成為日後恆久的安排

於是，在這冷暖的世間

註定了我們母女倆──相依相守

嘗遍了吞淚的苦楚

受盡了無情的鞭笞

服「忍氣吞聲」這帖藥方

我們畢竟勇敢地面對日子的挑戰

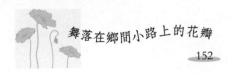

還好，您還是我小姑媽
您給我全心全意的愛與包容
我不應該怨責自己命運如此乖舛

在漫長的人生旅程中
您日夜呵護著我成長
更把所有的希望寄託在我身上

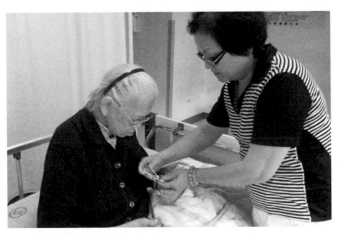

（玉葉在病榻上為媽媽修剪指甲）

媽媽，您是三月的陽光

慈祥的春暉

溫暖了一顆曾是無附無着的心

生命，我還能再苛求什麼

我為了學業、為了將來

您曾獨自一人守在老家

讓您在深夜裏忍受著無邊的孤寂

現在我能陪伴您，不再離開您

然而，您也上了年紀

只是，您忘了頭上的白髮

依舊倔強的耕田種地

我真不忍心您日夜操勞在泥土裡

您胼手胝足

您默默地流汗

您默默地承擔

我知道，您是默默地為我在等待

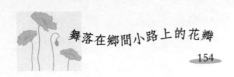
媽媽，您的付出一定會有代價

我不會讓您失望

更要學習您的勤儉與堅忍

並永遠永遠祈求您的健康與快樂

（民國72年《桃園週刊》）

國家圖書館出版品預行編目

舞落在鄉間小路上的花瓣：阿牧詩集 / 吳正牧
著. -- 一版. -- 台北市：秀威資訊科技,
2010. 04
　　面；　公分. --（語言文學類；PG0344）

BOD版
ISBN 978-986-221-412-1（平裝）

851.486　　　　　　　　　　98004029

語言文學類　PG0344

舞落在鄉間小路上的花瓣
── 阿牧詩集

作　　　者／吳正牧
發　行　人／宋政坤
執 行 編 輯／詹靚秋
圖 文 排 版／鄭維心
封 面 設 計／陳佩蓉
數 位 轉 譯／徐真玉　沈裕閔
圖 書 銷 售／林怡君
法 律 顧 問／毛國樑　律師
出 版 印 製／秀威資訊科技股份有限公司
　　　　　　台北市內湖區瑞光路583巷25號1樓
　　　　　　電話：02-2657-9211　　傳真：02-2657-9106
　　　　　　E-mail：service@showwe.com.tw
經　銷　商／紅螞蟻圖書有限公司
　　　　　　台北市內湖區舊宗路二段121巷28、32號4樓
　　　　　　電話：02-2795-3656　　傳真：02-2795-4100
　　　　　　http://www.e-redant.com

2010 年 4 月　BOD 一版
定價：180 元

讀　者　回　函　卡

感謝您購買本書，為提升服務品質，煩請填寫以下問卷，收到您的寶貴意見後，我們會仔細收藏記錄並回贈紀念品，謝謝！

1.您購買的書名：_____

2.您從何得知本書的消息？

　　□網路書店　　□部落格　　□資料庫搜尋　　□書訊　　□電子報　　□書店

　　□平面媒體　　□ 朋友推薦　　□網站推薦　　□其他_____

3.您對本書的評價：(請填代號　1.非常滿意 2.滿意 3.尚可 4.再改進)

　　封面設計____　版面編排____　內容____　文/譯筆____　價格____

4.讀完書後您覺得：

　　□很有收獲　　□有收獲　　□收獲不多　　□沒收獲

5.您會推薦本書給朋友嗎？

　　□會　　□不會，為什麼？_____

6.其他寶貴的意見：_____

_____

_____

_____

讀者基本資料

姓名：_____　年齡：_____　性別：□女　□男

聯絡電話：_____　E-mail：_____

地址：_____

學歷：□高中(含)以下　　□高中　　□專科學校　　□大學

　　　□研究所(含)以上 □其他_____

職業：□製造業 □金融業 □資訊業 □軍警 □傳播業 □自由業

　　　□服務業 □公務員 □教職　　□學生 □其他_____

秀威與 BOD

BOD（Books On Demand）是數位出版的大趨勢，秀威資訊率先運用 POD 數位印刷設備來生產書籍，並提供作者全程數位出版服務，致使書籍產銷零庫存，知識傳承不絕版，目前已開闢以下書系：

一、BOD 學術著作—專業論述的閱讀延伸
二、BOD 個人著作—分享生命的心路歷程
三、BOD 旅遊著作—個人深度旅遊文學創作
四、BOD 大陸學者—大陸專業學者學術出版
五、POD 獨家經銷—數位產製的代發行書籍

BOD 秀威網路書店：www.showwe.com.tw
政府出版品網路書店：www.govbooks.com.tw

　　永不絕版的故事‧自己寫‧永不休止的音符‧自己唱